WITHDRAWN

Para Aidan
—S. F.

Para Jen
—C. S.

Puede consultar nuestro catálogo en
www.edicionesobelisco.com / www.picarona.net

NO ME GUSTA MI KOALA
Texto: *Sean Ferrell*
Ilustraciones: *Charles Santoso*

1.ª edición: abril de 2016

Título original: *I don't Like Koala*

Traducción: *Joana Delgado*
Maquetación: *Montse Martín*
Corrección: *M.ª Ángeles Olivera*

© 2015, Sean Ferrell
© 2015, Charles Santoso
Publicado por acuerdo con Atheneum Books for Young Readers,
sello editorial de Simon & Schuster Children's Pub. Division,
1230 Avenue of the Americas, New York, NY10020, Estados Unidos
(Reservados todos los derechos)
© 2016, Ediciones Obelisco, S. L.
(Reservados los derechos para la lengua española)

Edita: Picarona, sello infantil
de Ediciones Obelisco, S. L.
Pere IV, 78 (Edif. Pedro IV) 3.ª planta 5.ª puerta
08005 Barcelona - España
Tel. 93 309 85 25
Fax 93 309 85 23
E-mail: picarona@picarona.net

ISBN: 978-84-16117-81-9
Depósito Legal: B-24.789-2015

Printed in China

NO ME GUSTA MI KOALA

Texto: Sean Ferrell ▪ Ilustraciones: Charles Santoso

Picarona

A Adam no le gusta su koala.

Es horrible, espantoso.

Tiene unos ojos horrorosos que siguen a Adam
a todas partes.

Adam intenta explicárselo a sus padres…

—No me gusta este koala.

Pero ellos no le comprenden.

Cada noche,
a la hora de acostarse,
Adam sigue la misma rutina.

Se baña.

Se pone el pijama.

Se lava los dientes…

e intenta librarse del koala.

Lo saca fuera de su habitación.
Y lo de *fuera* pueden ser muchos sitios.

Pero cada mañana,
cuando Adam se despierta…

…el koala siempre está allí.
En su cama.
Encima de su almohada.

Pegadito a él.

—No me gusta este koala.

Su papá le dice:
—No juegues así con tu koala o lo perderás.

—¡No me gusta este koala!

Su mamá le dice:
—No dejes el koala por ahí tirado;
sabes que después lo echarás de menos.

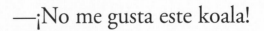

—¡No me gusta este koala!

Después de merendar, su papá le comenta:
—Te debe haber gustado mucho
la merienda, ya que no has
dejado ni una miga.

—¿Qué merienda? –pregunta Adam.
—¡Uy, habrá sido tu koala!
–exclama su papá.

Adam está ya harto
y cansado del koala.

Se lleva al koala a dar una larga, larga caminata.

Suben montañas.

Pasan por grandes peñascos.

Vagan entre los árboles.

Y cuando Adam está seguro
de que el koala no mira…

... corre y corre

dejando atrás los árboles,

los peñascos,

las montañas.

Emprende el camino a casa.

Y allí se encuentra al koala.

Aquella noche, mientras Adam se viste para meterse en la cama, comprueba que, ciertamente, no hay nada más horroroso que ese koala.

Es horrible.
Tiene una cara horrorosa.
Unas garras feísimas.
Y unos ojos horripilantes que le siguen a todas partes.
Unos ojos que observan y observan.

Observan y observan algo…

… ¿MÁS horrorosamente horrible aún?

¡Glups!

Después de todo, quizás aquel koala
no sea tan horroroso…

… Adam descubre que su koala
es muy tierno y agradable.
Se asegura de tenerlo bien cerquita.
Y justo antes de dormirse,
murmura:

—Te quiero,
koala.